Em nome da mãe

Erri de Luca

Em nome da mãe

Tradução
Rosa Freire d'Aguiar

Companhia das Letras

Primeira edição publicada em setembro de 2006, na série "I narratori".

Título original
In nome della madre

Capa
João Baptista da Costa Aguiar

Preparação
Márcia Copola

Revisão
Cláudia Cantarin
Cecília Ramos

Dados Internacionais de Catalogação na Publicação (CIP)
(Câmara Brasileira do Livro, SP, Brasil)

De Luca, Erri, 1950-
Em nome da mãe / Erri De Luca , tradução Rosa Freire d'Aguiar.
– São Paulo : Companhia das Letras, 2007.

Título original: In nome della madre.
ISBN 978-85-359-1009-4

1. Romance italiano I. Título.

07-1804 CDD-853

Índice para catálogo sistemático:
1. Romances : Literatura italiana 853

[2007]

EDITORA SCHWARCZ LTDA.
Rua Bandeira Paulista, 702, cj. 32
04532-002 — São Paulo — SP
Telefone (11) 3707-3500
Fax (11) 3707-3501
www.companhiadasletras.com.br

Привыкай, сынок, к пустыне.

Habitua-te, filho, ao deserto.

Joseph Brodsky

Sumário

Preâmbulo

As notícias sobre Miriam/Maria vêm das páginas de Mateus e de Lucas. Aqui se amplia um detalhe acenado por eles: a centelha da natividade no corpo feminino, o mais perfeito mistério da natureza.

No fundo, a contribuição masculina não tem peso, é um jato de um instante. Desta história ela está ausente, mas não se sente sua ausência.

Nos livros deles não está escrito se no estábulo havia parteiras ou outras pessoas acompanhando o parto. O que não está escrito também faz parte da história: não havia. Ela pariu sozinha. Esse é o maior prodígio daquela noite de natividade: a perícia de uma jovem mãe, sua solidão assistida. Além da estrela-cometa e dos Três Magos nas estradas de condutores de camelos: a sabedoria de Miriam/Maria em matéria de parto.

Aqui se ampliam detalhes para tentar uma aproximação.

"Em nome do pai" inaugura o sinal-da-cruz. Em nome da mãe inaugura-se a vida.

Prólogo

Mistral de março

Não é estranho na natureza inseminar-se ao vento, como as flores.
Flor é o nome do sexo das virgens,
quem a colhe, deflora.
Miriam/Maria engravidou de um anjo que chegou
com portas escancaradas, ao meio-dia.
O vento se prendeu em seu flanco,
desatando a faixa da cintura deixou-lhe a semente no ventre.
Subiu sem afastar a orla do vestido.
Na primeira colheita do trigo fazia três meses
que o mistral de março a tocara com seu sopro,
tornando-a matriz de um filho de dezembro,

que é lua de *kíslev** para ela, Miriam/Maria, judia da Galiléia.

* *Kíslev*: mês lunar hebraico entre novembro e dezembro.

PRIMEIRA ESTÂNCIA

Contei-lhe no mesmo dia. Não podia passar uma noite com o segredo. Não transcorrerá inteiro o dia em que houve a ruptura da tua aliança. Estávamos noivos. Na nossa lei é como sermos casados, se bem que ainda não moremos na mesma casa. E eis que eu estava grávida.

A voz do mensageiro chegou juntamente com uma ventania. Levantei-me para fechar os postigos e, mal fiquei em pé, fui envolta por um vento, uma poeira celeste, de fechar os olhos. O vento de março na Galiléia vem do norte, dos montes do Líbano e do Golã. Traz tempo bom, faz as portas baterem e estufa a esteira da entrada, que fica parecendo grávida. Nos braços daquele vento, a voz e a figura de um homem estavam diante de mim.

Na nossa história sagrada os anjos têm um

corpo humano normal, não o distingui. Sabe-se que são eles quando vão embora. Deixam uma dádiva e até mesmo uma ausência. Nem sequer Abraão os reconheceu nos carvalhos de Mamre, confundiu-os com viajantes. Deixam palavras que são sementes, transformam um corpo de mulher em torrão de terra.

Eu estava em pé, e o vi defronte da janela, na contraluz. Baixei os olhos, que tornara a abrir. Sou noiva e não devo olhar para o rosto dos homens. Suas primeiras palavras sobre meu espanto foram: "*Shalom Miriam*". Antes que eu conseguisse gritar, pedir ajuda contra o desconhecido que penetrara no quarto, aquelas palavras me deixaram imóvel: "*Shalom Miriam*", as palavras com que Iosef se dirigira a mim no dia do noivado. "*Shalom lekha*",* eu tinha então respondido. Mas hoje não, hoje não consegui extrair uma sílaba dos lábios. Fiquei muda. Era exatamente a acolhida de que ele precisava, anunciou-me o filho. Destinado a grandes coisas, a salvações, mas não

* Paz a ti.

prestei muita atenção nas promessas. No corpo, no meu colo se fizera espaço. Uma pequena ânfora de argila ainda fresca pousou na cavidade do ventre.

O meu Iosef, tão belo e sólido que dava vontade de beijar-lhe os dedos, cingia o corpo com os braços, dobrado como se estivesse com dor de barriga, mas procurava manter-se firme. Para ele a notícia era como um furacão que arrancasse o telhado. Tentava defender-se com o próprio corpo, o rosto desamparado, os músculos saltando dos braços. Protegia o ventre retesado e magro, não se permitia tocar em mim, nem abalar minha calma, tão oposta ao seu terror, incapaz de fingir um pouco de agitação.

Eu estava em pé, com a coluna reta, uma agilidade nova me animava, eu percebia que era mais alta e mais leve justamente no centro do corpo, sob as costelas, na curva do ventre. Ali onde ele sentia o golpe e o peso com os músculos contraídos de um atleta em atividade, eu recebia um impulso de baixo para cima que me dava vontade de sair pulando.

Os cabelos de seu topete batiam sobre a fronte clara, dançavam diante dos olhos. Ajeitei-os com duas rápidas carícias. Em sua perturbação ele era ainda mais belo.

"Que mais ele disse, que mais?", perguntava Iosef, apressado, com a cabeça entre as mãos, os olhos voltados para o chão. "Esforça-te para lembrar, Miriam, é importante, que mais ele queria comunicar?"

Os homens dão tanta importância às palavras, para eles são tudo o que conta, que tem valor. Iosef queria conhecê-las para poder guardá-las, relatá-las. Logo imaginou as conseqüências legais. O anúncio quebrara nosso compromisso. Eu estava grávida de um anjo que chegara, antes do casamento. Por isso ele pedia outras palavras, para citar na assembléia, em busca de uma defesa perante a aldeia.

"Que mais ele disse, Miriam? Suplico-te, força a memória, faz poucas horas que aconteceu." "Eu estava distraída, Iosef, atordoada com a perturbação em meu corpo, com a poeira clara que me envolvera sem deixar vestígio no chão, apenas sobre mim. Ainda estou com ela, tu vês?" "Deixa a poeira de lado, depois limparás, agora me ajuda, que contarei aos anciãos?"

Enquanto isso acontecia, eu olhava para baixo, para a veste, até os pés. Debaixo dela, meu corpo fechado estava calmo como um campo de neve. Enquanto ele falava, eu me tornava mãe. Para perdurar, os homens precisam de palavras, as do anjo para mim eram vento sem importância. Ele portava palavras e sementes, para mim bastava uma.

Eu ficara em pé diante dele, e em pé estava defronte de Iosef. Ele sentava, levantava-se, sentava de novo, pedia-me que sentasse, mas eu continuava em pé. Éramos noivos, e já era um ato grave ficarmos sozinhos sob o mesmo teto. Eu é que havia solicitado a conversa, que fora concedida, mas houve aquele grande alvoroço, e já era quase noite. E, além disso, eu não queria sentar. Com as mãos entrelaçadas sobre o ventre magro eu tocava minha pele para sentir na ponta dos dedos minha vida mudada. Para mim era o primeiro dia da criação.

Esforçava-me para lembrar alguma coisa e poder consolá-lo. Seu terror me oprimia, preocupava-me que ele estivesse mortificado pelo rompimento de nosso pacto de união.

Não me importava com as conseqüências, de uma hora para outra eu já não pertencia à lei. Tentava lembrar, mas vinha-me apenas uma alegria, um regozijo por aquele nicho no corpo que me tornava mãe sem a ajuda de um homem.

Diante de sua súplica lembrei-me de alguma coisa: "*Berukha att' miccol hannashim*", bendita és tu entre todas as mulheres. "*Berukha?*", "*miccol hannashim?*", ele repetia, aturdido, desconcertado. Sobre as mãos enegrecidas de calos caíam lágrimas brancas. "Não basta, Miriam, não basta explicar, ajuda-me, lembra, lembra mais." "Basta, Iosef, basta, foi isso que aconteceu hoje ao meio-dia. Acabo de te contar. Faz de mim o que quiseres."

Iosef ficou surpreso com a minha calma, que o contagiou. Levantou-se, ergueu a cabeça, enxugou o rosto com o dorso daquelas santas mãos que eu gostaria de beijar. "Conheces a lei, Miriam?" "Conheço a lei." "Tintim por tintim?" "Não tão bem quanto tu, não todas as palavras. Cabe aos homens conhecê-la de cor. Sei as conseqüências."

"Deixa-me repetir para ti os versículos sagrados. Estão no livro Devarim:* *Quando houver uma moça virgem, desposada de um homem: e a encontrar um homem e dormir com ela.*

"*E fareis saírem os dois por uma porta da cidade, aquela, e os apedrejareis, e eles morrerão, a jovem porquanto não gritou na cidade e o homem porque fez violência à mulher de seu companheiro. E queimarás o mal para fora do teu peito.*

"***E se no campo encontrar o homem a mulher desposada, e a forçar, e se o homem se deitar com ela: e morrerá o homem que deitou com ela, só ele.*

* Deuteronômio.

** Traduzo literalmente, sem mudar a ordem das palavras na frase hebraica. Aqui se entende: se um homem encontra num campo a noiva de outro e a violenta, será posto à morte aquele homem, mas não a moça, porque estava sozinha e, mesmo se gritou, ninguém podia socorrê-la.

"E à moça não fareis coisa alguma, não é para a moça a culpa da morte. Porque é como aquele que se levantar contra o seu companheiro e o matar, assim é a coisa, esta.

"Pois no campo a encontrou, gritou a moça desposada, e não houve quem a tivesse escutado.

"É isso. É essa a lei que agora está sobre nós."

"Escuta, Miriam. Há uma possibilidade. Amanhã vais sozinha ao campo a qualquer pretexto, em busca de algumas ervas de inverno para fazer uma decocção. E voltas à noite do campo dizendo que foste agredida e violentada, que gritaste mas não obtiveste resposta. Já aconteceu, sabe-se de outros casos de moças que conseguiram evitar assim a acusação de adultério."

Olhei para Iosef pela primeira vez. Conhecia seu rosto sereno mesmo debaixo das moscas e do cansaço. Agora via um homem consternado que tentava dominar a situação fabricando mentiras. Como a lei deve ser importante para os homens, para reduzi-los a isso. Eu disse: "Aquele homem mensageiro veio à minha casa ao meio-dia, portas e janelas abertas, escancaradas. Vi-me em pé diante dele no meu quarto e não pronunciei uma sílaba, nem sequer respondi à sua saudação, o que é muito diferente de gritar".

"Eu sei, Miriam, mas agora devemos encontrar uma solução, dar uma versão da tua gravidez fora-da-lei. Miriam, eu te amo, peço-te isso porque acredito em ti e quero te salvar. Miriam, vão te arrastar à entrada de Nazaré e te apedrejarão. E pedirão a mim que te atire a primeira pedra. Entendes isso? Entendes? Conheces a nossa lei." E suas palavras se sufocaram para que não saíssem aos gritos e escapassem.

Lembrei-o de que outras mulheres de Israel haviam sido mães pelo anúncio de um anjo. Sara de Abraão, e a mãe de Sansão, mais tarde. "Eram esposas, Miriam, eram esposas estéreis, o anúncio era pouco mais que um fertilizante. Os filhos eram sementes dos maridos, Isaac era de

Abraão, Sansão, de Manoá. Tu és noiva, ainda não és esposa, e o filho de teu ventre não é meu."

Tinha razão, os homens conhecem a história sagrada melhor que as mulheres, podem estudá-la, nós não podemos. Calei-me. Não me importava. Aquilo que os homens faziam com suas palavras, presos a suas fórmulas como pregos na madeira, não me importava.

Houve em Israel mulheres que desafiaram a lei. Agiram com seu corpo contra os mandamentos e se tornaram mães de Israel. Tamar, a cananéia, casa-se com dois filhos de Judá, que morrem sem engravidá-la. Judá lhe promete o terceiro, mas depois o acordo é rompido. Então Tamar se veste de prostituta e se vende, velada, a Judá, que não a reconhece. Como ele não tem dinheiro consigo, deixa como penhor o cajado e o cordão com o selo. No dia seguinte manda seu servo com a recompensa, mas este não a encontra. Depois se espalha o rumor de que Tamar está grávida. Judá, que é o chefe da comunidade, acusa-a de adultério e a condena ao fogo. Tamar mostra os penhores e diz que está grávida do proprietário deles. Judá a reconhece e diz diante da comunidade a mais bela frase que um homem de Israel pode dizer de uma mulher: "Foi mais justa que eu".

Tamar infringiu a lei para poder aplicá-la, porque tinha direito de ser mãe em Israel. Belo nome, Tamar, palmeira que quer dar frutos.

Esses pensamentos passavam como um enxame pela minha cabeça, mas eu não os revelava. "Que tens, Miriam? Sorris? Não temos tempo, já está escuro, e o encontro não pode demorar mais. Devemos nos separar e não decidimos nada."

Eu estava feliz. Gostaria de abraçar meu Iosef, por causa dele dominara meu peito uma ternura jamais sentida. O respeito, a submissão que nos ensinam para com a autoridade masculina, reprimem os sentimentos afetuosos. Mas, naquele dia, o anúncio do anjo e a resposta do meu corpo me libertaram. Não enrubesci, a confiança em fazer o que é justo me dava a presteza necessária e um novo comportamento. Até o meu silêncio havia mudado.

Com a ternura veio a gratidão. Ele acreditara em mim. Contra todas as evidências, confiava em mim. Em seu belo rosto não se mexera sequer um músculo da suspeita, não se vira nenhum franzir de sobrancelhas, nenhum olhar de soslaio. E ele tinha visto a sua Miriam pela primeira vez, porque era a primeira vez que eu o olhava sem baixar a fronte, como nem mesmo as esposas ousam fazer. Ele acreditara em mim, eu estava feliz e ardia de gratidão a ele. "Faz aquilo que é justo, Iosef. Hoje sou tua mais que antes, mais que a promessa."

SEGUNDA ESTÂNCIA

Naquela noite Iosef sonhou. Contou-me em seguida. Sonhou com um anjo que lhe ordenava o que devia fazer. De manhã reuniu a família e comunicou sua decisão; casava-se com Miriam na data prevista de setembro, mesmo estando ela grávida. Sob a tenda da cerimônia se veria minha gravidez.

Iosef não acatou os argumentos. Foi um escândalo. A aldeia ficou contra ele.

"Deixou-se enganar por Miriam, ela lhe contou sabe-se lá que história, e ele engoliu."

"Iosef é ingênuo."

"Iosef não é homem."

"Iosef infringiu a lei."

"Nem sequer recorreu à lei dos ciúmes.*

* Lei dos ciúmes, no livro Números/Bemidbar 5, 12-31.

Podia ao menos fazê-la beber a água amarga perante o sacerdote."

"Por quê? Não é ciumento, se a aceita assim, grávida de outro."

"Claro, ele não é um dos nossos, não é um galileu, é da casa de Judá, é um betleemita. Ele que voltasse para lá com a sua adúltera e o bastardo."

Lançaram-lhe uma saraivada de insultos. Ele estava se deixando apedrejar no meu lugar. E eu não podia ficar a seu lado, beijar suas mãos, fazê-lo sorrir, porque ele sempre sorria quando eu sorria.

Teve de abandonar a oficina de carpinteiro, onde era o primeiro ajudante. Abriu uma oficina própria, minúscula, com poucas ferramentas obtidas a crédito. Mas era o entalhador mais competente, e as pessoas eram obrigadas a recorrer a ele. Não falava com os clientes, porque ninguém queria falar com ele, a não ser rapidamente, sobre o preço e sobre a entrega.

No sábado, na casa de orações, sentávamos nos setores separados dos homens e das mulheres, e ficávamos isolados. Devíamos esperar. Nesse meio-tempo era o período da ceifa, e muita gente precisava de utensílios novos. Iosef trabalhava muito, os cabos de suas foices eram os melhores. O silêncio em torno dele começou a ceder, vieram as primeiras saudações na praça, os cumprimentos pela qualidade de suas madeiras. Ele respondia sem orgulho e sem a cordialidade de antes.

E, depois, tinha outras coisas em que pensar. A ocupação da nossa terra pelos exércitos de Roma provocava revoltas e perseguições. Muitos jovens judeus morriam pendurados nas cruzes de madeira, o instrumento de morte inventado pelos romanos para expor os condenados à vista de todos. Haviam estabelecido novos impostos, ouvia-se falar do recenseamento obrigatório. Queriam nos contar para melhor nos extorquir.

As mulheres de Nazaré olhavam para a minha barriga.

"A sem-vergonha o passou para trás, mas a nós ela não engana."

"Olha só que ares de santinha."

"O que eu quero mesmo é ver com quem se parece o bastardo que ela traz na barriga."

"Que lorota ela contou? A do Salvador, filho do anjo? Imagina o quanto vão rir se nascer uma menina."

As mulheres cuspiam depois que eu passava por elas. Eu saía para a função do sábado. Diante de seus insultos, endireitava mais a coluna, estufava mais a barriga. Dizia em voz baixa e como esconjuro: "A mesma coisa para vocês, bênção por bênção". Eu tinha medo do mau-olhado delas.

Mas estava feliz. Estar grávida, crescer feito a lua, contar as semanas como para o transvasamento do vinho, não ter as regras, tudo era uma pureza que me inebriava de alegria. À noite retirava a tenda e respirava o vento do céu.

Dizem que as grávidas têm enjôos, vômitos, comigo, ao contrário, se desenvolveu o olfato. Chegavam-me odores de longe, eu os distinguia. Reconhecia os de cola de peixe que Iosef reforça com resina de pinheiro. O nariz tornara-se tão exato, que eu podia ver o meu Iosef trabalhando. Até os cheiros ruins eram mais agressivos. Fui a primeira a saber pelo nariz que uma legião romana em trânsito se aproximava.

Eu me assustava com qualquer golpe de vento, temerosa de me encontrar de novo diante do forasteiro. Não era sua aquela semente, trouxera-a sabe-se lá de onde. Ele não retornou. Enquanto durou a gravidez, não se manifestou no vento nem mesmo em sonho.

Fiquei em casa toda a primavera e todo o verão. As bodas estavam marcadas para o final de setembro, ao término dos trabalhos nos campos.

À oficina de Iosef chegavam muitos pedidos. Agora ele tinha um ajudante. Uma mulher foi dizer à minha mãe que Iosef se atrevera a recusar um trabalho encomendado pelos romanos. Reclamava porque, na nossa Nazaré, até agora as coisas haviam sido fáceis com eles, e, além disso, os romanos pagavam bem pelo trabalho.

"O teu Iosef de Judá, esse meridional, trabalha bem, mas é melhor que ele não se meta com política. Aqui não queremos conflitos com os romanos. Diz-lhe tu mesma, que és galiléia como nós."

No meu quarto, eu sorria para o meu Iosef, que sabia dizer "sim" para mim e "não" para o resto do mundo.

Senhor, Adonai, a tua frase dirigida à nossa mãe Eva: "Com dor darás à luz filhos" não me amedronta. É correta a hora dos empurrões para fora, do esforço. Será preciso bastante esforço para arrancar o menino de mim. Estamos muito bem, nós dois, num só corpo. Bendito o esforço que nos impões.

Nesses dias de fim de verão antes das bodas, exponho o corpo ao sol, no telhado, à primeira hora da manhã, com a desculpa de virar os figos postos para secar. Descubro o ventre, e desse modo, através de mim, a luz chega a ele. Conto-lhe: "É a que te espera aqui fora. Não serve só para ver ao longe, também é calor. Sentes a onda que nos cobre enquanto estamos estendidos? Chama-se sol. Os olhos não conseguem olhá-lo, mas os teus, sim, protegidos pela água do ventre".

As mulheres do nosso povo se cobrem para não se expor e perder o branco segredo de sua pele. Eu, ao contrário, gosto da marca do sol no pescoço dos trabalhadores braçais, no dorso das mãos. Nessas madrugadas saio para recebê-lo, assim o menino aprende o que é a luz, não se assustará quando sair ao ar livre. Ele já gosta, está de barriga para cima como os cachorrinhos. Conto para ele: "Mais que o dia, a noite te espantará. É um grande ventre repleto de luzes. Nas noites de verão, algumas se soltam e vêm para perto, assobiando. No meio delas passa uma trilha branca, um soro de leite, quando o vires, quererás sugá-lo. Pensa que sou uma daquelas luzes e que ao meu redor há um montão de outras. Assim é a noite, uma profusão de mães iluminadas que se chamam estrelas: de todas elas, só eu sou a tua. Olhar para elas deixa os olhos arregalados e prolonga a respiração. É este sobe-e-desce do peito que te embala".

É hora de voltar para dentro de casa, o sinal é quando o suor começa. Será que outras mulheres grávidas também falam com a criatura ali trancada? O estranho para mim é que creio responder às tuas perguntas. É preciso mesmo que saias daí, rapazinho, e que nos apresentemos. Eu sou Miriam, e tu, quem és?

Olho para as mulheres que já pariram, para os seus filhos que transpiram, entrouxados, e não tenho curiosidade por eles. O meu não manterei enrolado nas faixas, vou deixá-lo espernear como faz no ventre. O meu não será como os delas. Ai, que pontapé me destes. Reclamas do orgulho de tua mãe? Fazes bem, assim isso não me sobe à cabeça. Não tenho nada de especial, sou o teu receptáculo. Está bem, parecerás com eles, terás ranho no nariz e espirrarás. Mas foste posto dentro de mim por um sopro de palavras, não por uma semente. Serás cheio de vento.

No fim do verão, feitas as ceifas e as vindimas, nos casamos. Em Nazaré celebram-se muitos casamentos nessa época, e os convites se multiplicam. Mas não se pode dançar em duas festas de núpcias ao mesmo tempo, portanto os convidados não vieram à nossa. Só parentes chegados e mais ninguém nas bodas da virgem grávida.

Iosef estava sério, mas seu corpo sorria por ele. Apertou a minha mão sob o pano estendido do baldaquim sacudido pelo vento. Sua esperada mão, que tinha me protegido, que não tinha me acusado, que não tinha atirado a primeira pedra, a qual cabe ao marido da adúltera, sua mão grossa por causa do trabalho e das farpas, tremia em volta da minha, que enfim repousava fechada dentro da sua.

Naquela noite conversamos até o alvorecer. Iosef disse: "Miriam, esperarei o nascimento do teu filho para te tocar. Esperarei que se cumpram teus dias. Não profanarei com a minha carne o teu ventre preenchido pelo anúncio". Perguntei-lhe se essa era uma ordem do anjo, ele respondeu que não, que essa era a sua vontade. "É também teu filho, Iosef, defendeste a sua vida. É teu filho duas vezes, porque também ofereceste à mãe uma segunda vida."

"É teu filho, Miriam, mas para o mundo serei seu pai. Vou registrá-lo em meu nome, ele será, na descendência da casa de Judá, quarto filho de Jacó-Israel. Será posto na lista que passa por Davi, meu ancestral. Contarei a ele a história da minha família, ensinarei a ele meu ofício. Não temas, Miriam, serei seu pai, mas ele é teu."

E se fosse uma menina, como dizia a malvada pelas costas? Tive esse pensamento assim, de brincadeira, mas não ousei expressá-lo. O ventre se moveu com duas pancadinhas, dois pulos, a criatura se virou. Iosef, que estava a meu lado, também percebeu. "Está se mexendo?" "E como!, me deu dois belos chutes secos e decididos. Devo tê-los merecido."

Ele conhece meus pensamentos. É um varão e me recrimina. Ocupa todo o meu espaço, não só o do ventre. Está nos meus pensamentos, na minha respiração, cheira o mundo através do meu nariz. Está em todas as fibras do meu corpo. Quando sair, vai me esvaziar, vai me deixar vazia como uma casca de noz. Gostaria que nunca nascesse. Recebo outro chute, porém mais delicado.

É lindo não ter mais as perdas de sangue, retornar ao corpo de menina. Minhas companheiras contavam umas às outras, excitadas, o momento do primeiro gesto da fertilidade. Esperavam impacientes sua vez. Eu, ao contrário, gostava de ser a última delas, a tardia. Mamãe estava preocupada e, quando acordei com o primeiro sangue seco nas pernas, foi ao lavadouro para mostrar a todas o lençol a ser branqueado com potassa. Festejou-me com doces, mas minha impressão era a de ter perdido, e não adquirido, uma parte do corpo.

Agora torno a me fechar, indiferente ao ciclo da lua no sangue. Amo esta pureza que retornou. Bendigo Iosef, que não me toca.

"Miriam, sabes o que é a graça?" "Não exatamente", respondi.

"Não é um modo de andar atraente, não é

o porte altivo de certas mulheres daqui, que gostam de se exibir. É a força sobre-humana de enfrentar o mundo sozinha, sem esforço, desafiá-lo para um duelo completo sem nem sequer se despentear. Não é algo feminino, é dote de profetas. É um dom, e tu o recebeste. Quem o possui está libertado de qualquer temor. Eu o vi em ti na noite do encontro, e desde então o tens sobre ti. És cheia de graça. Ao teu redor há uma barreira de graça, uma fortaleza. Tu a espalhas, Miriam: até mesmo sobre mim."

Eram palavras que mereciam abraços. Ficamos deitados, sem nenhuma carícia. Pensei um pouco nisso e respondi de brincadeira: "Estás loucamente apaixonado, Iosef".

Depois das bodas eu ia fazer compras no mercado. Ínfima troca de frases, já não cuspiam atrás de mim, eu estava casada. A última novidade era um cometa que passava à noite sobre o horizonte das colinas de Nazaré. Para a nossa gente sempre foi um sinal de mau agouro.

"Traz doenças."

"Pior, traz a seca."

"Chama os gafanhotos."

"Já estamos com os romanos dentro de casa, que pode acontecer de pior?"

Eu, ao contrário, gostava. Ouvi minha mãe contar sobre o cometa, ela o vira quando estava grávida de mim. Por isso, para mim, o seu retorno durante a minha gravidez era um bom sinal.

Também gosto quando a Lua passa diante do Sol e o apaga em pleno dia. Na Terra faz-se uma paz esmagadora, até as formigas param. Nesse momento ninguém rouba, ninguém mata, ninguém morre. Por um minuto o mundo é obrigado a se comportar bem, a falar em voz baixa.

Iosef voltava à noite, eu lhe preparava o jantar. Ele gostava de peixe, que chega salgado de Iam Kinneret.* Eu cozinhava o peixe com as cebolas e o arroz, que tiram o sal.

Ele dizia que gostaria de fazer barcos para os pescadores de Magdala. "Espero que o me-

* Lago de Tiberíades.

nino ame a água e aprenda a pescar." É um ofício arriscado, o de pescador, eu respondia. "Ver o sol surgir sobre o lago é uma maravilha que te faz amar o mundo. Mas tens razão, Miriam, também há as tempestades imprevistas."

Antes de sentar à mesa, ele esfregava com força as mãos dentro da bacia que eu havia preparado, depois limpava o resto do corpo. Da cozinha eu ouvia os ruídos, e amava cada um deles. O último era o da água suja sendo despejada sobre as cebolas plantadas.

Ele comia com prazer, limpando a tigela de madeira com o pão. Quando o cortava, fazia-o com um gesto lento e delicado, que jamais eu tinha visto alguém fazer. Toda noite dividia o pão, apertando com os cotovelos baixados, sem esforço. Nunca com a faca, que o profanava, depois da bênção: "Bendito sê, Adonai, rei do mundo, que fazes sair o pão da terra". Quando ele cortava o pão, o menino se mexia.

No dia das bodas houve uma áspera discussão entre Iosef e o resto da comunidade. Ele me contou depois.

Entre nós é hábito que uma virgem se case na quarta-feira. Não é um costume bonito: o tribunal se reúne uma vez por semana, na quinta-feira. Se o marido, depois da primeira noite de núpcias, encontra algo a recriminar a respeito da virgindade da esposa, vai direto ao tribunal no dia seguinte. Daí vem o uso de as virgens casarem na quarta-feira. A mim, grávida, não cabia casar naquele dia. Mas Iosef exigiu as bodas na quarta-feira. Nenhuma lei impede, é apenas um costume. Iosef não quis respeitá-lo. Insistiu, brigou, pagou o dobro, mas conseguiu o dia que queria. Alguém se permitiu dizer-lhe: "Então nos veremos no tribunal no dia seguinte". E Iosef respondeu: "Podes me esperar lá por toda a vida". Ganhou em troca os costumeiros rostos virados para o outro lado, mas já se habituara a eles.

No final da história, critiquei-o com um sorriso por causa das despesas maiores. "Não era a mesma coisa, um dia ou outro?"

"Não, Miriam, estamos certos. És virgem, e me caso com uma virgem na quarta-feira. E demonstro que não dou a menor importância para o tribunal da quinta-feira."

"De um lado, nós, do outro, todos eles, um dos dois lados deve estar errado, Iosef. Estamos certos, mas é possível que toda a comunidade esteja errada?" Eu dizia isso não por ter dúvidas, mas para ouvi-lo.

"Ninguém está errado, Miriam. O fato é que tu és a mais especial exceção, e eles não têm coração suficiente para entendê-la e julgá-la. Esse é um assunto que precisa de amor à primeira vista, ao passo que eles se atrapalham com os códigos, com os costumes. Para eles és pedra de tropeço, para mim és a pedra angular com que se inicia uma casa."

Com seu exemplo, Iosef tenta explicar o amor à lei.

"De onde tiras força para estar só contra todos, Iosef?"

"De ti", responde ele.

No final da colheita das azeitonas entrei na última lua da espera. No caminho, as mulheres me olhavam de viés: "Acabou esse negócio de mantê-lo escondido, agora vamos ficar sabendo de quem é filho, com quem se parece". Entristecia-me pensar que seus olhos secos estavam em cima dele. Por isso fiquei contente, a ponto de ter de me segurar para não me atirar nos braços de Iosef, quando ele disse que a ordem do recenseamento obrigatório chegara e que devíamos partir para Bet Lehem.* Ele tentara pedir um adiamento para nós, o parto estava próximo, mas a autoridade havia rejeitado o pedido. Iosef não era bem-visto.

Minha mãe estava apavorada: "Perderás a criança com os sacolejos da viagem, te virão as dores, e não poderei estar a teu lado, que desgraça, Miriam". Eu ouvia suas recomendações atormentadas enquanto ela me ajudava a preparar a bagagem. Alegrava-me partir, parir. *Lalekhet*, *laledet*, partir, parir, eu cantarolava. *Lalekhet*, *lale-*

* Belém.

det, la, la. Para acalmar-lhe as aflições, eu dizia: "Será a coisa mais fácil do mundo, minha mãe. Uma vida se aninha, cresce e depois encontra a saída. Com a ajuda do Céu, qualquer lugar na Terra será o melhor". Exceto este, eu pensava, mas não dizia. "Vou te trazer um belo netinho, mãe, confia em mim."

Ela sossegava, e recomeçava em seguida: mas a viagem, mas a jumenta, mas o frio. És uma inconseqüente, dizia-me, e eu sorria. "E, depois, tem Iosef, ele conseguirá o melhor", eu tentava dizer. "Pois sim, um homem, que sabe ele disso? Miriam, os homens são bons para exercer certos ofícios e para tagarelar, mas ficam perdidos diante do nascimento e da morte. Não entendem dessas coisas. Precisa-se de mulheres no momento do desabrochar e na hora do desfecho." "Bastarei a mim mesma, minha mãe."

Devíamos partir, e às pressas, Bet Lehem é longe. Eu estava feliz de parir fora dali. Em qualquer outro lugar e até ao relento, mas ao abrigo dos olhares das mulheres da aldeia. Nenhuma delas, nem sequer uma parteira de Nazaré, veria, tocaria no bebê antes de mim. Ainda que eu tivesse de me arranjar sozinha, seria cem vezes melhor do que com a presença delas.

"Bendita Miriam, que belo caráter tens, mesmo no meio deste transtorno estás alegre e me dás força. Aquele anjo não sabia o quanto estava certo ao te chamar de bendita és tu entre todas as mulheres, *berukha att' miccol hannashim.*" E Iosef também ficou alegre de se lançar na viagem comigo, e deu quatro pulos engraçados, ao ritmo das sílabas acentuadas. "*Berukha att' miccol hannashim*", e batia as mãos. E o menino dançava dentro de mim.

"Pensa, Miriam, ele nascerá na viagem, longe desta terra de mexeriqueiros. Eles o verão quando regressarmos, daqui a um mês, depois da circuncisão. Nem mesmo essa festa faremos aqui." Claro que eu pensava nisso, vinha daí a minha alegria.

"Mas como faremos se não encontrarmos parteiras quando estiveres pronta?" "Não te preocupes, Iosef, minha mãe me explicou tudo. Saberei fazer de olhos fechados o que é preciso. Enquanto estavas no trabalho, exercitei-me, porque pensava que teria de fazê-lo aqui e não queria parteiras de Nazaré. E, depois, teremos a ajuda de quem o plantou em meu ventre com o anúncio. Não temas, Iosef, cuida da viagem e do necessário, estou pronta. Diz-me, afiaste a faca?" "Para quê?", ele se assustou. "Terei de cortar o cordão umbilical." Iosef passou a mão na testa. "Ai, Miriam, como poderás fazer também isso depois do cansaço de pô-lo para fora? Precisas de ajuda, eu não posso, é proibido aos homens assistir. Como conseguirás? Nunca o fizeste, não vais saber." "Vou saber. Naquele momento saberei fazer tudo sozinha. Cuida da faca, que sua lâmina esteja afiada, como para cortar o cabelo."

Eu me sentia invencível com ele ao lado e com o outro no ventre. Iosef se calou, depois disse: "Seja feita a tua vontade. Também desta vez seja feita a tua vontade". E passei a mão em sua testa para ajeitar os cabelos e afastar os pensamentos.

TERCEIRA ESTÂNCIA

Ele selou a jumenta com um pano macio, me ajudou a subir e me apoiou sobre o lombo do animal. Foi o primeiro abraço das nossas bodas. Nós o repetimos a cada parada, um abraço para descer, um para subir. Ele carregou nas costas o peso maior, para não forçar a jumenta. Tinha cortado um galho de oliveira para se apoiar, um cajado descascado mais alto que ele. Partimos quando ainda não era dia para não nos depararmos com olhares.

No início do inverno, a neve não é rara na nossa terra. À noite ela se conserva nos campos, no alto das árvores. As estradas estavam repletas de viajantes obrigados a se deslocar para o recenseamento. A inscrição devia ser feita no lugar onde se havia nascido.

"Só os que permaneceram ali onde nasceram, e que jamais foram transvasados como o vinho sobre a borra, não devem se deslocar", era o comentário dos que se encontravam e percorriam juntos um trecho de estrada. Havia muitos carros, as pessoas aproveitavam para fazer um pouco de comércio ao redor.

Formavam-se filas, as rodas atolavam. Os campos estavam brancos, a estrada, negra de viajantes e de lama, o céu era uma corrente azul sob o vento do norte. Eu respirava fundo para comunicar também ao menino as surpresas do mundo. Que era feito de opostos, o alto e o baixo se chocavam e soltavam faíscas, ou então se roçavam com uma carícia. Os cascos da jumenta batiam na terra à guisa de saudação, as copas das árvores respondiam sacudindo um pouco de neve do alto dos galhos.

Ao longo do caminho os homens se cumprimentam e contam as novidades. As mulheres negociam à parte alguns escambos. Prefiro ficar perto da jumenta e escuto as palavras dos homens sem que eles me vejam. Um deles diz a Iosef: "Que te parece? Estamos ou não no versículo do nosso Kohelet,* filho de Davi, rei em Jerusalém: *Todos os rios vão para o mar, e o mar não se enche?*". "Disseste bem", responde Iosef, "eis-nos aqui, dispersos como torrentes do Neguev depois do aguaceiro. Tenho em mente outro versículo do nosso Kohelet: *Aquilo que é torto não se poderá endireitar*."

"Certamente", responde o outro, "para este recenseamento não tem jeito, é algo torto na raiz e não no galho." Os homens introduzem com gosto a Sagrada Escritura no meio de seus negócios cotidianos.

Com a gravidez cresceu meu gosto pelas palavras, pela importância delas. Entendo melhor os homens, que têm tantas. Deve ser o menino que me ensina, ele, que foi plantado em mim com um anúncio, com as palavras de uma bênção.

* Eclesiastes.

Iosef oferece azeitonas, em troca o outro lhe dá queijo. Retomam a conversa. O homem prossegue: "A continuação do versículo relembrado por ti diz: *e aquilo que falta não se poderá contar*. Podemos interpretar assim: se muitos de nós não formos nos registrar, o cálculo deles será inútil".

Iosef entende de outra maneira: "Melhor obedecer, já houve lutos demais por resistirmos aos romanos. Darei ao César deles aquilo que nos pede. Para nós resta a imensidão do nosso Único e Só, que eles não podem conhecer. Elevam aos altares um imperador, um pedaço de carne e sangue que logo será um cadáver para os vermes. Vamos dar a este César o que é dele e guardemos aquilo que não pode tirar de nós". O meu Iosef tem senso de medida.

O homem insiste: "Mas é justamente esse o ponto. Ele não nos pede apenas tributos, e sim que reconheçamos sua divindade". Por um instante Iosef perde a paciência. "Quanto a isso, nada conseguirá de nós. Já estamos destinados a outra propriedade, já pagamos um sinal para o mundo que virá."

Depois retoma o tom tranqüilo e continua: "Melhor voltarmos ao nosso primeiro versículo: *Todos os rios vão para o mar, e o mar não se enche*. Somos águas correntes chamadas pelo mar para enchê-lo, sem possibilidade de êxito, mas obedecendo. Isto é Israel".

"Rios que vão, *nehalim holekhim*, bom caminho, então." "Bom caminho para ti."

Gosto do costume dos nossos homens de pescar um versículo antigo para explicar o presente. Amarram um dia único ao tapete do tempo.

Para evitar as colunas de carros, passávamos pelos campos, assim não ouvíamos as desavenças e as blasfêmias. Entre nós as pessoas se deslocam todas juntas para as festas religiosas, que são, porém, na bela estação. Ao menos uma vez por ano, em geral na Páscoa, todos vão aos santuários. São peregrinações realizadas com alegria, canta-se, dança-se, faz tempo bom. Esta viagem invernal imposta pelos romanos, ao contrário, está repleta de maldições contra eles. As pessoas desabafam praguejando contra a Terra e o Céu, contra os governos que deixam as estradas em ruínas.

* * *

Iosef temia o recenseamento. "Isso desagrada ao Deus de Israel, que quis que nosso povo fosse numeroso como as estrelas da noite e como a areia do mar. *Quem contará o pó de Jacó e o número da quarta parte de Israel?*, está escrito no livro Bemidbar.* Quando nosso rei Davi ousou fazer um recenseamento, desencadeou-se a pior epidemia, setenta mil perdas, de Dan a Beer Sheva."** "Deste recenseamento somos inocentes, pois é dos romanos. Que recaia sobre eles a culpa e o castigo", eu lhe dizia, e ele: "Assim seja, Miriam".

Soldados romanos raramente eram vistos, mas, quando as bandeiras apareciam ao longe, fazia-se um denso silêncio na estrada. Os carros tinham de evacuá-la, eles cruzavam conosco sem nos saudar. Eram odiados aqui mais que em qualquer lugar das suas conquistas, assim diziam. Sabe-se lá se era verdade que em outras partes eram mais bem-aceitos.

* Números 23, 10.

** Extremidade norte—sul do território de Israel na época.

* * *

Num desvio para os campos de neve, vi uma mancha de terra seca, vermelha. Era sangue. Iosef me disse que a neve não retém o sangue, não o cobre. "*Terra, não cobrirás o meu sangue*, grita Iiov.* Mas só a neve é que obedece a seu grito. A nossa terra absorveu tanto esse sangue, que se embriagou. Esta pobre terra nossa está encharcada de sangue aos borbotões. E devia ser terra prometida. Prometida? Foi roubada com humilhação cem vezes, ocupada por qualquer um, esmagada por povos do norte e do sul, do Oriente e do Ocidente. Quem quis a tomou e depois a perdeu nos dados."

Para que ele mudasse de humor, eu disse: "É mais bonito viajar no inverno, os carros não levantam poeira, não transpiramos, nem moscas há". E Iosef me dava razão, fazendo que sim com a cabeça, enquanto caminhava na frente da jumenta, segurando a corda do cabresto.

* Jó.

É longo o caminho de Nazaré a Bet Lehem. São duas as estradas que vão para o sul. Uma segue o vale do Jordão até Jericó e depois sobe para Bet Lehem pelo oriente. É mais curta mas menos segura por causa dos bandidos. A outra passa por cima das alturas do Carmelo, atravessa a Samaria pela planície que desce até o mar e depois sobe de novo para as montanhas de Judá. Seguimos esta. De uma elevação no desfiladeiro do Carmelo, Iosef me mostrou o mar. Vi uma planície azul reluzente a ponto de apertar os olhos. Inspirei o odor do sal, na língua já era um petisco. Na boca temperei-o com uma tâmara. O menino, que está calmo e dorme com o balanço dos passos da jumenta, deve ter acordado. "Também gostas do mar ou é a tâmara que estou te enviando?"

Encontramos um cego guiado por um cão. E o acompanhamos à aldeia onde ia se inscrever para o recenseamento. Foi um curto desvio na direção do mar. Assim o vi de perto e me entristeci pelo homem que não podia vê-lo. Ele ouviu meu suspiro e adivinhou. Disse que tinha sido pescador por trinta anos e que conhecia o mar de memória, os movimentos que fazia. Descreveu como estava naquele momento, a cor de feno novo que adquiria sob o impulso do vento de terra. Iosef e eu ficamos maravilhados e sorrimos com ele.

Na entrada de sua aldeia, ofereceu figos secos a Iosef e depois o abençoou: "Tu que ajudas alguém que é visto pelos outros mas não vê, que tu possas receber a ajuda daquele que tudo vê e não é visto por ninguém". É um povo de sábios, esse nosso.

Levamos uma semana, dormindo em estalagens lotadas.

"Parece que todo judeu em Israel decidiu viver longe do lugar onde nasceu."

"Só mesmo os romanos para me fazerem voltar para casa." Nas estalagens, em torno da lareira, os homens trocavam gracejos e novidades. "Aqui não se fala de política", interrompia o estalajadeiro. Mas depois a conversa recomeçava.

"O patrão reclama, mas gostaria que houvesse um recenseamento por ano."

"Deveria dar uma porcentagem ao chefe romano." Mesmo estando cheias as estalagens, achava-se um lugar para mim. Compadeciam-se da aventura que nos tocava.

Iosef acordava a cada movimento meu, e dormia com as sandálias amarradas. Quando ele me abraçava para me ajudar a subir ou a descer, o menino dava uma cambalhota que até Iosef sentia. "São tão impressionantes seus movimentos contra a minha barriga, aqui fora, que não consigo imaginar o que sentes tu, que tens as protuberâncias dele dentro de ti, no meio dos órgãos, sob o coração, entre o fígado e os rins. Como é, Miriam, conter um filho, uma trouxinha de filho, dentro do corpo?"

"Perguntas à panela como se sente? Sou só um receptáculo, gostaria de saber como *ele* se sente dentro de mim."

"Um receptáculo? Como podes falar dessa maneira?"

"Sem conhecer nenhum homem, que mulher sou eu? Sou seu receptáculo."

"Eu sei, Miriam, que dizes isso para me assegurar que teu homem sou eu e nenhum outro, mas não repitas essa palavra. Soa mal."

"Está bem, não vou repeti-la."

Tendo chegado sem levantar a orla do meu vestido, sairá do mesmo modo? Ou nascerá como filho de mulher, com empurrões e contrações? Chegou com o vento de março, depois cresceu na água da minha placenta como todas as crianças do mundo. Que sente agora que está para sair e o tempo do ventre se esgotou? "Iosef, parece-me que o recenseamento é um pretexto para nós. Teríamos partido da mesma forma. A última semana dele devia ser essa, de um viajante, sem morada fixa, no lombo de uma jumenta paciente."

"Miriam, o nome cabe a ti, serás tu que o darás. Eu gostaria de chamá-lo Ieshu."

"Gosto dos nomes curtos, duas sílabas bastam: Ieshu, filho de Iosef e Miriam, soa harmônico."

"Ieshu, filho de Miriam e do mais desconhecido dos pais."

"Não digas isso, meu homem, é Ieshu do verbo 'salvar' porque tu o salvaste. É Ieshu, o salvo."

"Não, Miriam, é Ieshu porque assim me ordenou o anjo na noite em que eu devia decidir sobre nós depois do nosso encontro. Veio em sonho, te contei, embora eu tenha tido a impressão de não haver conseguido dormir naquela noite. Veio e me impôs tomar-te como esposa assim como estavas, e depois me disse o nome do menino. Miriam, sou culpado contigo e com teu ventre. Naquela noite quis fugir."

Não, meu Iosef, não és culpado, não fugiste, e agora estás aqui. Foste o mais corajoso dos homens. O anjo te guiou uma noite, mas depois vieram os dias, e ele não estava quando te voltaste contra toda a comunidade de Nazaré, contra a tua família, contra a lei que me condenava. E ficaste isolado meses a fio e silenciaste com a mesma firmeza com que os profetas falam. És o homem mais justo da Terra.

E, enquanto nossas palavras se tornavam mais sólidas de amor, a Lua estava no último quarto, e no seu lugar brilhava a luz cortante de uma estrela-cometa que subira ao céu de Israel. Os pastores dos rebanhos estavam inquietos, os animais, assustados com aquela luz fria saída do fundo do poço do firmamento. Olhar para ela fazia lacrimejar.

Os pastores se revezavam para velar durante a noite. Suas vozes chamavam uns aos outros, entoavam cantos ao redor do fogo para acalmar os animais apavorados. Iosef não gostava da novidade do cometa, equiparava-a ao recenseamento e à ocupação militar. Eu tentava fazê-lo mudar de idéia: "Ele está viajando como nós, e nos ajuda nessas noites em que não há lua". Iosef respondia com um sorrisinho e fazia que sim com a cabeça. Um homem mudar de opinião para concordar com a mulher é a mais segura prova de amor.

Bet Lehem, Casa do Pão, ao redor campos de trigo arados e em repouso invernal, indício de neve no céu, mas ainda não na terra: chegamos depois de uma última etapa mais rápida, encurtada de propósito para dar a Iosef tempo de encontrar um alojamento.

Comparada a Nazaré, Bet Lehem é uma cidade. Ao longo da subida, passando-se pelos carros, se ouvia dizer que não havia mais lugar, que era preciso acampar ao relento. "Precavido quem veio de carro, pois com uma boa tenda faz um quarto, mas tu, bendito homem, com tua mulher grávida, que farás? A jumenta é boa para a estrada, mas de noite não serve."

Iosef me deixou fora da cidade, com a jumenta, e partiu às pressas. Havia odor de vinho. Decerto as cantinas anteciparam o transvasamento a fim de ter bebida para vender aos viajantes.

Eu chegara de dia, e minhas águas estavam descendo. Ele voltou duas horas depois, consternado. Nada, não havia encontrado nada. Nascera em Bet Lehem, mas partira em criança para a Galiléia. Não tinha nenhum parente a quem recorrer. A cidade estava de pernas para o ar com o retorno das famílias que iam se inscrever para o recenseamento. Toda casa hospedava parentes vindos de longe. Ele torcia as mãos. Tinha implorado, oferecido até mesmo a jumenta em troca de um leito, mas nada. Apenas um minúsculo estábulo onde havia um boi. O animal, ao menos ele, acolheu bem os intrusos, eu e a jumenta.

Quando se é virgem, se pensa que todos os amores são possíveis, depois, repentinamente, passa-se a eliminar os outros que jamais chegaram. Tornar-se mulher traz esta simplificação, a de um vento que se abate sobre uma florada e deixa uma só flor. Toda a imensidão de antes se precipita num abraço. No meu caso, nem mesmo isso: em troca, os beijos de Iosef sobre os olhos, uma chuva de palavras nos ouvidos.

Assim, permaneci virgem e, no entanto, esposa, virgem e, no entanto, mãe. É poderosa a força que me manteve firme enquanto operava em mim. Assim acontece com o vaso que se quebra entre as mãos do oleiro; eu permanecia argila mas escavada, feita para conter. A gravidez foi um período de perfeição à sombra, a duração de uma secagem. Eis-me pronta, argila com alma de ferro: as pedras que queriam me atirar se fragmentaram.

ÚLTIMA ESTÂNCIA

"Vou me ajeitar, aqui estarei muito bem. Este lugar que tu achaste veio a calhar, é quente e tranqüilo. Vou me ajeitar, Iosef, sou mulher para isso. De manhãzinha porei Ieshu em teu colo." As dores tinham começado. Iosef arrumou a palha sobre as pedras secas, por cima estendeu uma coberta e as peles. Pedi-lhe a faca e uma bacia com água. Deitei-me. O coração palpitava, violento, os batimentos latejavam nas têmporas a ponto de eu ter de fechar os olhos. Ninguém ao redor, o pequeno estábulo ficava fora, nos campos. Uma luz descia por uma abertura do telhado de bambus e galhos. Era ele, o cometa, pendurado no céu como uma lanterna. Antes de nos separarmos, ajeitei os cabelos de Iosef e sorrimos um para o outro. "É assim que eu gosto", disse-lhe, satisfeita de vê-los arrumados.

* * *

Iosef se fora, deixando a faca e a bacia. Agora cabia a mim, agora eu devia agir, parir é agir com o corpo. Minha mãe tinha me explicado que ficar deitada um pouco inclinada ajudava. Pois sim! Levantei-me e apoiei as costas na manjedoura. Atrás de mim, os focinhos da jumenta e do boi, um deles me deu uma lambidela comprida na nuca. Seu bafo estava nas minhas orelhas. Postos um ao lado do outro, respiravam num ritmo rápido de cadência ligeira. Regulei minha respiração pela deles.

Eu transpirava. Apoiada de costas, segurava a barrigona com as duas mãos para ajudar os movimentos do menino. Encorajava-o em voz baixa, com a respiração curta. Chamava-o. Atrás de mim, os animais me davam força. Minhas pernas doíam por causa da posição. Ajoelhei-me para que descansassem. "Apresenta-te, meu bebê, vem ao meu encontro, mamãe está pronta para te pegar assim que tua cabecinha despontar."

Os músculos do ventre acompanhavam a respiração, uma contração e um relaxamento, empurrar, tomar impulso, empurrar. Quando a dilaceração era mais forte, eu mordia os lábios para não deixar o grito escapar. Com toda a certeza Iosef estava diante da porta, em guarda.

Ao longe os pastores chamavam algumas ovelhas perdidas. "É uma bela noite para vir ao mundo, meu cordeirinho, noite límpida no céu e seca na terra. A viagem terminou, e esperaste chegar aqui para nascer. És um bravo menino, sabes esperar. Agora nasce, que teu pai te espera. Ele se chama Iosef; quando entrar, diremos: querido Iosef, sou Ieshu, teu filho. Tu verás sua surpresa, a cara que ele vai fazer."

Eu falava e soprava, e a um movimento mais forte, um empurrão de Ieshu com os ombros, levantei-me de novo apoiando-me na manjedoura. Os bichos ruminavam, tranqüilos, havia paz. Iosef tinha escolhido um bom lugar para nós. "Belo movimento, Ieshu, mais um desses e já estarás fora, vamos, te ajudo, empurremos juntos, minhas mãos estão prontas para te acolher, vamos?" Vamos, saiu o ombro, toquei-o, depois tornou a entrar, mas logo em seguida Ieshu tomou impulso e pôs a cabeça para fora, peguei-a entre as mãos, me emocionei, escapou um soluço, e nesse soluço ele veio todo para fora, e eu o agarrei no ar. Levantei-o pelos pés para liberar os pulmões e abrir espaço ao primeiro vento que força a entrada fechada da respiração. Ieshu engoliu ar sem chorar.

Faço gestos experientes sem conhecê-los. Meu corpo os faz sozinho, executa. Não o instruí. Cheiro a criatura perfeita que nasceu de mim, posso afrouxar o nervo retorcido da suspeita: é varão, com toda a certeza, já não é uma profecia. É varão, primogênito na terra de Iosef e Miriam, carne a ser circuncidada, daqui a oito dias. É varão, eu o fiz, sequei-o no meio da água e do sangue, meu corpo exulta juntamente com o de toda mulher que dá à luz o outro sexo, porque para nós é um presente.

* * *

Cortei o cordão, um só corte, dei um nó de alfaiate e esfreguei o corpo dele com água e sal. Ei-lo, finalmente. Apalpei todas as suas partes até os pés. Cheirei-o e, à guisa de confirmação, dei-lhe uma lambidinha. "És uma verdadeira tâmara, és mais fruto que filho." Pus o ouvido sobre seu coração, pulsava rápido, batidas de quem correu a ponto de perder o fôlego. Sob a escassa luz da estrela olhei para ele, untado de meu sangue e de perfeição. "Pareces com Iosef." Assim quis vê-lo. "Teu pai na Terra é um homem corajoso, parecerás com ele." Estirei-me sob a coberta de pele e o prendi no seio.

O boi mugiu baixinho, a jumenta bateu com força as orelhas. Foi um aplauso dos bichos, as primeiras boas-vindas do mundo a Ieshu, meu filho. Não chamei Iosef. Tinha lhe prometido um filho de manhãzinha, e ainda era noite. Até a primeira luz Ieshu é somente meu. É somente meu: quero cantar uma música com essas três palavras, e mais nada. Esta noite aqui em Bet Lehem é somente meu. Ele sugava e respirava, a minha substância e o ar: "Não poderá haver nada mais belo do que este meu bebê. A respiração de uma noite de *kíslev* quase sem lua te é oferecida por tua terra de Israel, o suco da mãe-planta tu o espremes de mim. Isso é o melhor que poderemos te dar, a tua terra e eu".

Lá fora há o mundo, os pais, as leis, os exércitos, os registros onde inscrever teu nome, a circuncisão que te fará pertencer a um povo. Lá fora há cheiro de vinho. Lá fora há o acampamento dos homens. Aqui dentro estamos só nós, um calor de animais nos envolve, e até de manhãzinha estamos ao abrigo do mundo. Depois eles entrarão, e tu já não serás meu.

Mas, enquanto durar a noite, enquanto a luz de uma estrela errante estiver a pino acima de nós, somos os únicos no mundo. Podemos dispensá-los, e também a teu pai Iosef, que é o melhor dos homens. Pensa: saímos daqui ao amanhecer, e lá fora não existe mais ninguém, nem cidade, nem seres humanos. Pensa: somos os únicos no mundo. Que felicidade seria, nenhuma obrigação a não ser viver. Enquanto durar a noite, será assim.

Habitua-te ao deserto, que é de ninguém e onde se está entre a Terra e o Céu sem a sombra de um muro, de uma cerca. Habitua-te ao bivaque, aprende a distância que te protege dos homens. O deserto não é exílio, é teu lugar de nascimento. Não vens de um suor de abraços, de nenhuma gota de homem, mas do vento seco de um anúncio. Do jeito que foste feito, não se fiarão em ti.

Que possas sentir nostalgia desta noite quando estiveres na assembléia deles, quando te escutarem, que possas olhar além das suas praças, onde se iniciam as estradas.

Habitua-te ao deserto que me transformou em tua mãe. Vieste dali, do vazio dos céus, filho de um cometa que se abaixou até o meu nível. Não foi o recenseamento que me levou a deslocar-me, mas uma trilha traçada lá no alto. Esta noite entendo isso, amanhã terei esquecido.

* * *

Dormi pouco esses meses. Durante a noite eu olhava as caravanas das estrelas que os sábios chamam de constelações. Esta noite a insônia continua, mas é a melhor, porque posso te abraçar. Fizeste bem em nascer à noite, longe dos homens e do dia. O que vier, amanhã e depois, será o contrário do agora, desta noite. Esta noite é o tempo de habituar-te ao deserto, que é teu pai.

Como é que não choraste, como é que não choras? Não podes? Serás talvez mudo? Seria melhor, estarias a salvo; se dás muita importância às palavras, elas podem te forçar ao exílio, às prisões ou pior. Carregam um peso e, no entanto, são sopro. Olha como vai alto o sopro da nossa jumenta, e o do boi que nos hospeda é mais forte e sobe mais depressa. O nosso também, estás vendo? Eu sopro, e ele sobe.

E as palavras, não, quando são ditas, põem para fora seu peso. As de um anúncio te trouxeram a mim, as de um profeta dão ordens ao futuro.

Não, não é que sejas mudo, nem que estejas assombrado por estares fora de mim. Muda fiquei eu diante do anjo, muda fiquei eu. Ao contrário, tu, filho de um vento de palavras que caíram sobre mim, serás um vaso de frases.

Serás diferente, mas sem exagero, assim como um floco de neve é diferente do outro, uma azeitona de outra. Aqui na nossa terra, basta pouca coisa para acabarmos excluídos: uma opinião sobre um artigo de lei, sobre o amor, como prova o nosso Iosef, que foi banido do meio do povo para nos proteger. Já és diferente, desde agora, e ainda nem sequer transcorreu uma hora tua. Filho, me dá medo que não chores.

As vozes dos pastores estão buscando a aurora. Lá fora há uma cidade que se chama Bet Lehem, Casa do Pão. Nasceste aqui, numa terra-padeira. És massa crescida dentro de mim sem fermento de homem. Toco em ti e levo ao nariz teu perfume de pão da festa, aquele que é levado ao templo e é oferecido.

É oferecido? Que estou dizendo, meu Senhor, que estou dizendo? É oferecido? Mas por quê? E por que, filho, nasces justamente aqui, na Casa do Pão? E por que devemos te chamar Ieshu? Que foi que saiu da minha boca: pão, oferta? Não sejas nunca, não, tu não és pão, és um dos tantos pirralhos que aparecem no mundo, um dos inúmeros que nem sequer se contam e que fervilham na face da Terra. Não és nada de especial, és um pequeno judeu sem importância que não deve demonstrar nada, não deve fazer nada além de viver, trabalhar, casar e ter o necessário.

Senhor do mundo, abençoado, escuta a prece da tua serva que agora é mãe. Quando nasce uma criança, a família faz votos de que ela se torne alguém, inteligente, se distinga dos outros. Faz com que não seja assim. Faz com que esse arrepio que subiu por minha espinha, esse frio vindo do futuro, fique longe dele. Chamo-o Ieshu, como desejas, mas não o reclames para nenhuma missão tua. Faz com que ele seja um filhotinho qualquer, até mesmo um pouco estúpido, preguiçoso, sem estudo, um filho que se introduz na oficina do pai, aprende o ofício, e prossegue.

* * *

Pensaremos em encontrar uma mulher para ele, e ele porá em meu colo uma porção de filhos. Senhor do mundo, abençoado, faz com que ele tenha defeitos, não se dedique à política, ponha-se de acordo com os romanos e com todos aqueles que vierem a agir como os donos da nossa casa, na nossa terra. Não vi mais o mensageiro, não mais o ouvi: é sinal de que deixarás a criança sob a nossa responsabilidade, minha e de Iosef? Está certo, nós cuidaremos dele. Faz apenas com que este menino não seja ninguém na tua história, faz com que ele seja um homem simples, contente de sê-lo, e que se enfureça só com as moscas.

Faz com que não seja belo, nem cause invejas. Escuta a prece do avesso feita por tua serva. Fui estúpida ao me gabar comigo mesma de sua perfeição, de sua vinda para dentro de mim sem a semente de um homem. Fui estúpida e pequei por orgulho ao exaltar seu caráter especial. Que este teu Ieshu não seja ninguém, que seja para ti um projeto abandonado, um dos teus pensamentos esquecidos. Já te pedem tanto para te lembrares disto e daquilo. Esquece-te de Ieshu.

Uma nuvem passa e cobre a estrela. O bafo dos animais sobe firme para o alto. Tem mais força que a minha prece. Não importa, eu continuo. Promete-me isto: que não o seduzirás nos seus vinte anos, como fizeste com o teu Irmiau,* ele também conhecido de ti quando ainda estava no ventre. Aos vinte anos é um alívio arder por uma idéia, um impulso de verdade e justiça. Que não seja esse o tempo de sua convocação. Que não seja antes dos trinta, antes que ele seja homem-feito, de escolhas meditadas. Então ainda estará firme a tua vontade que o colocou em meu ventre, eu mesma o oferecerei a ti, como fez Hannah, mãe de Samuel. Ela o levou depois de três anos, a mim concede trinta.

Hei de chamá-lo a agir, prometo, mas não no meio de uma peleja, de uma guerra. Esta noite, à luz de uma estrela viajante, tenho a visão dos

* Jeremias.

cegos. Toco o corpo de Ieshu com a ponta dos dedos e o vejo numa festa de bodas. Não é ele que se casa, somos convidados. Ele é um homem, já está nos trinta. E lhe pergunto alguma coisa, e ele olha para mim, enrubesce, confuso, não quer, e depois obedece. Não sei o que lhe perguntei, nem a resposta que me dá. Ao redor a festa continua. Sei que nesse dia o entrego a ti. Não digo: assim seja. Digo: não seja, antes do assim.

Eu te prometi, promete-me tu. Eu te obedeci, atende-me.

Ieshu abre os olhos na palma da mão que sustenta sua cabeça. Pára de sugar, suas pupilas acolhem o prateado da luz noturna.

Estou dividida entre os dois. É assim com toda mãe ou esta noite é a única do mundo? Contigo aprendo a dúvida de ser uma qualquer, escolhida ao acaso, ou de ser a mais secreta. O certo é que me escutas.

Dormes? Sim, dormes, não escutes a tua mãe furiosa consigo mesma, sufocada por um pavor.

Dorme, respira saciado, cresce, mas pouco, lentamente, vive, mas escondido. Espero teu primeiro sorriso para te cobrir, que ele não ofusque o mundo e te denuncie. Dorme, amanhã verás a primeira luz da tua vida e terás a teu lado tua primeira sombra. Dentro de mim, eu não te fazia sombra. Dorme, sonha que ainda estás ali, que a tua vida ainda me tem como endereço. Em sonho poderás sempre voltar lá.

Que vazio me deixaste, que espaço inútil dentro de mim deve aprender a se fechar. Meu corpo perdeu o centro, de agora em diante estamos separados um do outro, podemos nos abraçar e jamais nos tornaremos uma só pessoa. No chão, sobre as pedras do estábulo, está a placenta, o saco vazio da nossa espera.

A luz da estrela está empalidecendo, o dia vem se arrastando lá do oriente e desarticula a noite. Os pastores contam as ovelhas antes de espalhá-las nos pastos. Iosef está na porta. Ieshu, meu menino, te apresento o mundo. Entra, Iosef, agora este é teu filho.

TRÊS CANTOS

Canto dos pastores

Pai nosso que estás nos céus,
guarda o teu rebanho para que permaneça
inteiro e teu.
Seja salva a tua propriedade
como no céu e assim na terra.
Dá-nos hoje os pastos de amanhã,
traz de volta a extraviada e a ti a
ofereceremos
e não permitas as emboscadas
mas livra-nos dos lobos, amém.

Canto de Miriam/Maria

De quem é esse filho perfeito,
indagarão examinando seu rosto,
de quem é essa semente suspeita,
a paternidade do teu sorriso?

É somente meu, é somente meu,
de nenhuma outra carne, é somente meu.
É somente meu, é somente meu,
enquanto durar a noite, é somente meu.

Quem é este filho-cometa?
Quem é este meu clandestino?
Gotejado de fonte secreta,
vindo no transvasamento do vinho?

É Somente Meu, é Somente Meu,
o seu nome esta noite é Somente Meu.

É Somente Meu, é Somente Meu,
amanhã terá outro nome, agora é Somente
Meu.

Muda fiquei eu

Filho, me dá medo que não chores.

Como é que não choraste, meu filho,
como é que não choraste?
Será que não podes chorar, será
que não poderás falar?
Seria melhor, estarias a salvo,
seria melhor se fosses mudo,
se dás muita importância às palavras,
elas acabam te forçando ao exílio,
à prisão ou pior.

Não, não é que sejas mudo,
nem assombrado por estares fora de mim.
Não, não é que sejas mudo,
nem roçado pelo mundo ao redor de ti.
Muda fiquei eu diante do anjo,

muda fiquei eu,
assombrada diante do anjo,
roçada por ele.
Filho de um vento de palavras que caíram
sobre mim,
serás ao contrário um vaso de frases.

Filho, me dá medo que não chores.

ESTA OBRA FOI COMPOSTA POR 2 ESTÚDIO GRÁFICO
EM AGARAMOND E IMPRESSA PELA GEOGRÁFICA EM OFSETE
SOBRE PAPEL PÓLEN BOLD DA SUZANO PAPEL E CELULOSE
PARA A EDITORA SCHWARCZ EM ABRIL DE 2007

ISBN 978-85-359-1009-4

9 788535 910094